LA COUSINE MARIE

Ernest Daudet

Edition : Culturea (culurea.fr), 34 Hérault
Contact : infos@culturea.fr
Impression : BOD, Norderstedt (Allemagne)
ISBN :9791041835737
Date de publication : juillet 2023
Mise en page et maquettage : https://reedsy.com/
Cet ouvrage a été composé avec la police Bauer Bodoni

I

Ma famille est originaire du Vivarais. À quelques lieues de Viviers, entre de hautes montagnes, on trouve la Vignasse. Tel est le nom du berceau des Férambault. La nature, en ce pays, est sauvage et puissante. Les flancs des collines disparaissent sous des bois de pins, de mûriers et de châtaigniers gigantesques. Au pied des arbres poussent la vigne et le blé. Parfois, le rocher demeuré à nu laisse voir une grande traînée grise. C'est une coulée basaltique qui du sommet de la montagne descend abrupte, semblable à un escalier de Titans, jusqu'à la vallée dans laquelle elle se perd. Là coule, à travers des prairies grasses et fertiles, une eau limpide comme le cristal. Elle trace dans la terre humide des sillons larges dont le lit se garnit peu à peu de cailloux entraînés par ses flots, et dont les bords se couvrent de verdure et de fleurs. Deux fois par an, au printemps et à l'automne, à la fonte des neiges et après les pluies, ces timides ruisseaux deviennent torrents, et, renversant tout sur leur passage, vont grossir le Rhône, qui mugit impétueux de l'autre côté des montagnes.

Dominant un vallon délicieux, la Vignasse s'élève sur des coteaux boisés. L'extérieur de la maison est riant et tranquille. Mêlée à la clématite, la vigne vierge grimpe follement aux murs et les pare de verdure et de pampres. Un vaste jardin entoure la maison. Il est divisé en trois parties. Ici les fleurs, là les fruits, plus loin le potager. À l'extrémité du jardin s'étend une vaste terrasse d'où l'œil ébloui découvre un splendide panorama, l'immense étendue des champs qui descendent en escaliers jusqu'à la vallée. Au-delà de cette terrasse se trouve une cour qui dessert toutes les dépendances de la propriété, l'habitation des valets, les écuries, les magnaneries et les remises.

À l'intérieur, l'habitation est spacieuse, confortable et commode. On devine que plusieurs générations ont vécu là et ont cherché à s'y faire une existence agréable. Sans être gentilshommes, les Férambault sont cependant plus que des paysans. Ils appartiennent à la bourgeoisie campagnarde. Si avant la révolution ils n'étaient pas suzerains, du moins ils n'avaient pas été vassaux. Plusieurs furent écuyers des seigneurs de Crussol. Quelques-uns rendirent la justice au nom du roi. D'autres furent des clercs très savants, et l'un d'eux s'occupa d'astronomie avec succès. C'est lui qui fit construire au sommet de la colline, au-dessus de l'habitation, l'observatoire qu'on y voit encore. C'est là qu'il allait converser avec les étoiles.

Mais ce qui assura la fortune et la renommée des Férambault dans le pays, c'est qu'ils furent des premiers à s'occuper de l'élève des vers à soie et de la culture du mûrier. Encore aujourd'hui, bien que cette industrie soit aux trois quarts ruinée, lorsque vient le temps des *magnans,* la Vignasse semble emprunter aux souvenirs de son passé les éléments d'une vie toute nouvelle. On y occupe durant deux mois un personnel considérable, garçons et filles du pays, chargés de veiller sur les vers à soie et de cueillir leur nourriture sur les mûriers au feuillage sombre.

C'est à la Vignasse et dans les dernières années de l'empire que se passèrent les événements que je vais raconter. Cette terre appartenait alors au frère aîné de mon grand-père. Je ne l'ai connu que bien longtemps après ces événements. Nous l'appelions l'oncle Arsène. Lorsque je le vis pour la première fois, il venait de dépasser la soixantaine. C'était un beau gars qui du vieillard n'avait que l'âge. Hérissée et bouclée comme la chevelure légendaire du général Kléber, la sienne était à peine grise. Il conservait toutes ses dents, l'estomac, l'appétit, la taille d'un jeune homme et une vigueur de jarrets qui lui permettait de chasser dans la montagne durant des journées entières. Ses traits respiraient la bonté. Il ne portait ni moustaches ni barbe, mais un simple bouquet de poils au-dessus du menton, mouche entièrement blanche que ses doigts frisottaient dès qu'il était au repos.

Il vivait à la Vignasse avec sa fille unique, celle que j'ai appris à aimer sous le nom de cousine Marie, qui s'était juré de ne le quitter jamais, et qui même, lorsqu'elle fut mariée trouva moyen de tenir parole en décidant son mari à s'installer pour toujours à la Vignasse.

Au moment où commence ce récit, la cousine Marie avait dix-huit ans. En s'épanouissant, la fleur de sa jeunesse avait mis sur son beau visage une douceur et une fierté charmantes. Elle était pleine de vertus et de grâces, comme son nom ; courageuse comme une fille des montagnes, charitable et pieuse comme sa mère, qui avait laissé dans le pays un grand renom de sainteté. Le père et la fille s'adoraient. Leurs jours s'écoulaient paisiblement, chacun amenant ses peines et ses joies. Mais grâce à la modestie de leurs désirs communs le foyer de l'oncle Arsène ne cessa jamais d'être paisible et fortuné.

Les désastres de 1813 et de 1814 n'eurent à la Vignasse qu'un léger contrecoup. À cette époque, il était bien peu de familles où les mères n'eussent pas à verser des larmes en songeant au sort de leurs enfants arrachés à leurs bras et entraînés loin d'elles, dans des combats sanglants. Mais l'oncle Arsène n'avait pas de fils et bien qu'il fût souvent le témoin et le confident des violentes douleurs des mères ; bien qu'il vît fréquemment des jeunes hommes, presque des enfants, enlevés à leurs foyers pour aller remplacer dans les rangs de l'armée les héros ignorés, morts obscurément à la peine bien qu'il y eût sous ses yeux des campagnes dépeuplées, un grand nombre de jeunes filles vouées au célibat, des récoltes mourant sur pied, des terres stérilisées, les bras manquant pour les cultiver ; en dépit de tant d'irréparables maux, au fond de ces montagnes, dans la solitude où s'écoulait sa vie, il était en quelque sorte désintéressé des douleurs qui frappaient son pays. Il n'en connaissait pas d'ailleurs toute l'étendue. En ce temps, il n'existait ni chemins de fer, ni télégraphe, ni journaux populaires. Dans le Vivarais, dans les Cévennes, dans l'Auvergne, dans toutes les contrées montagneuses d'un accès difficile, où les routes manquaient, les nouvelles n'arrivaient qu'à de longs intervalles. Le plus souvent les documents officiels ne contenaient qu'une partie de la vérité, la partie la moins alarmante. Les lettres venues des grandes villes étaient elles-mêmes sobres de détails. On savait que des batailles se livraient quotidiennement, tantôt au nord, tantôt au midi, que l'Europe se coalisait contre nous ; mais les cris de la nation pantelante, épuisée, meurtrie, n'arrivaient à la Vignasse qu'en échos affaiblis, et ce n'est qu'après de longs mois que l'on connaissait exactement l'issue de ces terribles mêlées, par quelque soldat qui y avait pris part et qui rentrait dans son village, mutilé pour le reste de ses jours. Telle était la situation lorsque la Vignasse fut le théâtre de l'aventure qui fait l'objet de ce récit.

II

Au commencement du printemps de 1813, par une soirée pluvieuse, vers dix heures, les portes de la maison étant fermées, les domestiques couchés, l'oncle Arsène et sa fille travaillaient dans la grande salle du rez-de-chaussée, lui mettant ses comptes en ordre, elle brodant sous son paternel regard.

Tout à coup, dans la profonde tranquillité de la nuit, un léger bruit se fit entendre et deux coups discrètement frappés résonnèrent contre la porte de l'habitation.

Pour bien faire comprendre l'interrogation pleine d'inquiétude et d'anxiété qui se manifesta tout à coup sur la figure de nos deux personnages, il faut dire qu'à la Vignasse, la maison des maîtres est placée au milieu de jardins et de cours qui sont eux-mêmes clos de murs ou de haies vives, et dans lesquels on ne pénètre que par une ouverture fermée d'une solide grille qu'on cadenasse aussitôt que vient le soir. Il fallait donc que le tardif visiteur eût escaladé la première enceinte ou brisé les serrures, ce qui n'était pas, on en conviendra, un procédé propre à faire accueillir sa venue avec confiance. Néanmoins, l'oncle Arsène se leva, mais la cousine Marie fut debout aussitôt que lui.

– N'y allez pas, mon père, dit-elle : C'est peut-être un malfaiteur.

Il haussa les épaules et voulut passer outre. Elle le retint et reprit :

– Nous n'attendons personne. Tous nos gens sont couchés. Que ce soit un parent de Nîmes ou un ami, je le veux bien ; mais encore est-il prudent de s'en assurer. Montez dans votre chambre. Par votre croisée interrogez, et vous saurez alors si vous devez ouvrir à un homme qui n'a pu se trouver à cette heure-ci, là où il est, qu'en passant par-dessus le mur.

Désireux de rassurer sa fille, l'oncle Arsène se montra docile. La croisée de sa chambre était placée au-dessus de la porte d'entrée ; c'est là qu'il courut.

Au moment où il poussa brusquement les persiennes, jetant sur les champs un rapide coup d'œil et dans son jardin un regard plus attentif, la lune, claire et blanche, sortit des nuages. Elle lui permit de distinguer un individu qui leva vers lui des yeux suppliants. À la courte distance où ils étaient l'un de l'autre, le dialogue suivant s'engagea :

– Qui demandez-vous ?

– M. Arsène.

– C'est moi. Que souhaitez-vous ?

– Je vous en supplie, ouvrez-moi vite. Je ne peux m'expliquer ici. Je crains d'être poursuivi.

Ces paroles ne rassurèrent pas l'oncle Arsène. Il reprit :

– Poursuivit ! Avez-vous donc un crime à vous reprocher ? Comment êtes-vous entré dans la propriété ?

– Je suis un honnête homme, monsieur. J'avais peur. J'ai franchi un mur. Je redoutais de donner l'éveil à vos gens ou au chien de garde. C'est en me traînant que je suis arrivé jusqu'à cette porte. Je meurs de fatigue et de faim. Je viens de Lyon à pied.

Ayant prononcé ces mots d'un accent brisé, l'inconnu ajouta en baissant la voix, comme s'il eût craint d'être entendu :

– Je suis le fils de votre ami Chambert, de Lyon.

– Ah ! mon pauvre garçon, je suis à vous.

En disant ces mots, l'oncle Arsène referma la croisée, descendit précipitamment l'escalier en disant à sa fille, qui n'avait rien perdu de cette conversation :

– Il est arrivé quelque malheur à Chambert.

En même temps, il ouvrit la massive porte de chêne. Le fils Chambert entra. La porte fut refermée derrière lui, tandis qu'il allait tomber exténué sur un siège qu'on ne lui avait pas encore offert.

C'était un jeune homme de vingt ans à peine, au regard intelligent et sympathique, aux traits délicats. Il était vêtu comme les compagnons du Devoir, d'une blouse blanche serrée à la taille par une ceinture de cuir, coiffé d'une petite casquette de laine brune d'où ses cheveux noirs s'échappaient en boucles soyeuses. Malgré ce vêtement, il conservait l'allure d'un gentilhomme travesti. Ses mains blanches et fines eussent attiré l'attention d'un limier de police. Il portait derrière le dos un petit sac de voyage. Ses souliers étaient couverts de poussière, et le désordre de ses habits témoignait d'une marche rapide. Il était si pâle que la cousine Marie sentit son cœur se serrer. Au moment où son père allait interroger le nouveau venu, elle l'interrompit en s'écriant :

– Vous l'interrogerez tout à l'heure, mon père, il meurt d'inanition.

– Je marche depuis vingt-quatre heures et je n'ai pris, durant ce temps, qu'une bouchée de pain arrosée d'eau claire.

Le fils Chambert n'avait pas encore terminé sa phrase que Marie courait à un buffet d'où elle rapportait du bouillon froid, du vin, du pain et un morceau de viande. Elle plaça le tout sur la table devant le jeune homme, qui sans mot dire se mit à manger et à boire comme s'il eût été seul.

Durant quelques minutes, il ne fit autre chose. Enfin, lorsqu'il fut rassasié, il leva les yeux vers la cousine Marie, et pour la première fois depuis qu'il était entré, il remarqua qu'elle était jeune et belle. Une légère rougeur colora ses joues ; souriant tristement, il dit :

– Me pardonnerez-vous, mademoiselle, cette brusque entrée et la gloutonnerie dont je viens de vous donner le spectacle ?

La cousine Marie sourit également, sans pouvoir cacher la pitié qu'elle éprouvait ; mais elle ne répondit pas. Ce fut l'oncle Arsène qui prit la parole :

– Vous êtes tout pardonné, mon garçon. Mais expliquez-nous vite comment et pourquoi vous êtes ici.

Le fils Chambert, sans se lever, déboucla la ceinture de cuir qui lui ceignait les reins, y prit une lettre qu'il tendit silencieusement à l'oncle Arsène. Celui-ci décacheta le pli et lut à haute voix ce qui suit :

« Ces quelques lignes, mon cher Arsène, vous seront remises par Jacques Chambert, mon fils. Le sort vient de le faire soldat. Il doit, sous trois jours, ou se faire remplacer ou rejoindre son régiment. Entre ces deux partis, je n'ai pas le choix. Le prix des remplaçants est de douze mille francs. Je ne possède pas cette somme. Dans l'état actuel des affaires, je ne puis ni la retirer de mon commerce, ni l'emprunter, n'ayant aucune garantie à offrir à un prêteur. Je n'ai qu'un moyen d'empêcher mon fils d'aller à un trépas certain, sa mère d'en mourir, c'est de le faire fuir. Si dangereux que soit ce moyen, je n'hésite pas, puisque c'est le seul qui me soit offert. Nous voulons conserver notre enfant. Sa mère et moi, nous vous l'envoyons, avec l'espoir que vous pourrez le tenir caché et qu'il sera en sûreté dans vos montagnes, jusqu'au moment où je parviendrai à l'arracher à la funeste situation qui lui est faite. J'adresse ce suprême appel à l'amitié dont vous m'avez déjà donné tant de preuves, avec la certitude que je vous trouverai encore une fois disposé à servir votre vieil ami.

« CHAMBERT. »

Lorsqu'il eut terminé la lecture de cette lettre, l'oncle Arsène, quelques sentiments qu'elle eut fait naître en lui, releva la tête, regarda Jacques avec bonté et lui dit :

– Votre père a eu raison de s'adresser à moi. Je regrette de n'être pas assez riche pour pouvoir sacrifier une somme aussi considérable que celle qui serait nécessaire à votre libération. Mais, quoi qu'il en puisse coûter, nous vous cacherons ici.

– Quelle reconnaissance ne vous devrai-je pas ! murmura le jeune réfractaire.

– Ne parlez pas de reconnaissance. Je suis l'ami de votre père, et ce que je fais est tout simple. Pour ce soir, vous coucherez dans l'habitation. Demain vous ne quitterez votre chambre qu'à la nuit, et ce sera pour vous rendre dans la retraite que je vais préparer à votre intention.

Jacques Chambert formula, non sans effusion, de nouveaux remerciements.

– Êtes-vous sûr de n'avoir pas été remarqué dans les environs ? demanda l'oncle Arsène.

– J'ai passé la journée d'hier dans une grange, aux environs de Viviers, répondit Jacques. Je me suis mis en route à dix heures du soir, évitant les lieux habités. À quatre heures, aujourd'hui, j'ai passé près du Rhône, et depuis, je n'ai rencontré personne qu'un berger à qui j'ai demandé ma route.

– Allons, tout est pour le mieux. Mais si de Viviers ici vous avez mis vingt-quatre heures, vous avez dû faire de grands détours et vous devez avoir besoin de repos. Suivez-moi.

Ayant salué la cousine Marie, qui sans prendre part à l'entretien, semblait approuver les paroles de son père, Jacques suivit l'oncle Arsène, qui le conduisit à une chambre non loin de la sienne et voulut lui-même préparer son lit. Puis, ayant examiné toutes choses pour s'assurer que Jacques était en sûreté dans cette chambre et n'y manquerait de rien, il lui souhaita une bonne nuit et se retira.

À peine seul, Jacques tomba sur son lit comme une masse inerte et s'endormit, tandis que l'oncle Arsène et sa fille examinaient ensemble la grave question de savoir en quel lieu ils allaient le cacher.

III

À deux jours de là, Jacques Chambert était installé dans l'observatoire situé au sommet de la colline, au-dessus de la Vignasse. Cet observatoire, construit, ainsi que je l'ai dit, par un membre de la famille Férambault, homme plein de science, grand amateur d'astronomie, n'était autre chose qu'une petite tour composée de deux pièces, l'une au rez-de-chaussée, l'autre au premier étage, et surmontée d'une terrasse sur lequel le savant passa plus d'une nuit à contempler les astres à l'aide d'un télescope. Par respect pour sa mémoire, ses descendants, et l'oncle Arsène comme les autres, s'étaient fait un devoir de conserver la maisonnette en bon état. Elle renfermait un mobilier simple, mais confortable. L'œil y jouissait d'une vue charmante sur les bois voisins. C'était une retraite délicieuse où, bien des années après les événements que je raconte, j'ai passé enfant les plus douces heures de ma vie. En aucun autre endroit, Jacques n'eût été plus en sûreté. En effet, l'observatoire offrait à ce point de vue divers avantages, et le premier c'était d'être situé sur la propriété de l'oncle Arsène, au milieu d'un bois de châtaigniers, qui en défendait l'accès. En outre, grâce à l'ombre épaisse de ces arbres géants, il était caché de toutes parts au regard des voyageurs qui passaient au pied de la montagne.

Quant aux gens de la Vignasse, ils n'y montaient jamais. Seuls l'oncle Arsène et sa fille dirigeaient souvent leur promenade de ce côté. En dix minutes ils gagnaient la maisonnette, et, durant les chaudes soirées de juillet, ils demeuraient de longues heures à respirer un air plus pur que celui de la plaine et tout embaumé par les saines et vivifiantes odeurs que répandent autour d'elles les plantes alpestres.

Grâce à ces circonstances particulières, Jacques fut installé dans l'observatoire sans que personne pût deviner que la maisonnette comptait un habitant. Néanmoins il lui fut recommandé d'être prudent, de ne pas sortir durant le jour, de n'allumer jamais sa lampe le soir sans avoir hermétiquement fermé les volets, et de ne pas étendre ses promenades de nuit au-delà du bois de châtaigniers. Jacques se conforma à ces instructions. Bientôt, ayant pu rassurer sa famille sur son sort et se faire à sa nouvelle vie, il commença à goûter un bonheur plus tranquille qu'en aucun temps de sa vie. Il était instruit, d'une nature poétique ; il se plaisait à écrire ses impressions, tantôt en prose, tantôt en vers. Il aimait jusqu'à l'adoration les grands spectacles de la nature. Dans sa nouvelle demeure, le grand livre de Dieu était sans cesse ouvert devant lui, aux pages les plus sublimes ; il passait dans la contemplation et dans l'étude de délicieuses journées.

Deux fois par jour, le matin et le soir, l'oncle Arsène et la cousine Marie venaient le voir. Dans un panier, celle-ci lui apportait sa nourriture quotidienne. Elle dressait elle-même son couvert, plaçait les mets devant lui et le rendait confus à force de prévenances et de soins. Le soir, ils veillaient longtemps avec lui, et dans ces causeries intimes, la charmante nature de Jacques se révélait tout entière.

Le père et la fille n'avaient pas été longtemps sans apprécier les qualités de leur hôte. L'oncle Arsène l'aima bientôt comme son propre fils.

Quant à la cousine Marie, elle éprouvait pour lui plus de pitié que d'estime. Aux yeux d'une femme qui n'est pas mère, l'homme qui se cache pour ne pas aller combattre les ennemis de son pays sera toujours un être inférieur ou tout au moins incomplet. Bien qu'elle eût cru comprendre que Jacques ne manquait pas de courage, elle ne pouvait se défendre à son égard d'une sorte de dédain qui ne se trahissait guère que par la froideur qu'elle affectait à son égard, même en le servant, mais qui n'en existait pas moins en elle et l'empêchait de se livrer envers lui à l'affection naturelle de son cœur.

Jacques ne pouvait rien deviner de cette impression. Entouré par le père et par la fille, accablé par celui-ci de marques d'affection, il était pénétré d'une reconnaissance qu'il s'efforçait d'exprimer dans ses actes et dans son langage.

Mais bientôt à ce sentiment vint s'en mêler un autre d'un ordre plus intime. Jacques avait vingt ans, une imagination exaltée. Marie était belle. Il l'aima. Ce résultat était facile à prévoir, et si l'oncle Arsène avait eu une plus profonde expérience des choses du cœur, il l'eût prévu. Jacques aima Marie avec toute l'enthousiaste tendresse d'une âme vierge, jeune et chaude. La solitude dans laquelle il vivait, ce qu'il y avait de romanesque dans sa situation, le mystère dont ses amis s'environnaient pour le venir voir, furent autant d'aliments pour son amour qui éclata un matin au moment où, derrière les rideaux de sa chambre, il voyait Marie venir vers lui gracieuse et fière, semblable à une bonne fée.

Durant toute la nuit qui suivit sa découverte, il erra dans les bois qui environnaient sa retraite, les cheveux au vent, le front dans les cieux, rêvant d'elle et se répétant sans cesse ces mots : « Je l'aime ».

Il n'osa cependant le lui faire savoir. L'attitude qu'elle conservait envers lui n'avait rien qui pût le pousser aux aveux. Jamais elle ne venait autrement qu'accompagnée de son père. À la vérité, elle lui tendait la main ; mais elle atténuait ce que ce geste pouvait avoir de bienveillant et de fraternel par une froideur de langage qui prouvait que, tout en remplissant les devoirs sacrés de l'hospitalité, elle ne pouvait ouvrir son cœur aux tendres sentiments qu'il éprouvait lui-même. En présence de ce jeune homme éloquent et beau, son visage ne trahissait aucune émotion ; ses traits, d'une irréprochable pureté, conservaient encore la candeur sereine de l'indifférence enfantine.

Est-ce cependant que la cousine Marie ne partageât aucune des impressions qu'elle avait fait naître ? Loin de là. À dix-huit ans, au sein de sa tranquille existence, des sentiments inconnus et soudains s'étaient emparés d'elle. Jusqu'à ce jour aucun homme, à l'exception de son père et de son frère, n'avait vécu si près d'elle, n'avait été mêlé si directement à ses actions, à ses pensées. La présence de Jacques venait de bouleverser toute sa vie en lui révélant des mondes nouveaux, des sensations imprévues. Elle ne pouvait s'approcher de la maisonnette où Jacques était caché sans se sentir émue. Loin de lui elle était en proie à une indicible mélancolie qui ne se dissipait que lorsque sonnait l'heure d'aller le retrouver. Elle s'intéressait aux circonstances les plus simples de son séjour à l'observatoire, et s'effrayait de lire dans son regard les pensées qu'elle pouvait lui inspirer.

Cependant, en dépit de tels symptômes, elle ne s'était pas encore dit qu'elle l'aimait. Elle continuait, au contraire, malgré l'attrait qui les entraînait l'un vers l'autre, à ressentir le dédain qu'elle avait éprouvé dès le premier jour pour ce qu'elle appelait la pusillanimité de Jacques. Elle lui en voulait de se cacher comme un lâche, de se soustraire au plus patriotique des devoirs, de rester oisif et caché dans cette inaccessible retraite, alors que des exemples dont le retentissement était arrivé jusqu'à elle auraient dû l'appeler aux frontières, en un mot, de n'être pas un héros.

Mais ces impressions, qui étaient un obstacle à l'épanouissement complet de l'amour dans son cœur, elle les tenait cachées avec autant de soin que les sentiments plus tendres qui plaidaient en elle la cause de Jacques.

Au bout d'un mois, rien n'était changé dans son attitude, dans ses manières. Jacques recevait toujours de sa part le même accueil tranquille et froid. Elle ne cherchait ni à comprendre l'homme si vivement épris d'elle, ni à provoquer des explications. Quant à l'oncle Arsène, il n'avait rien deviné ni rien vu.

Dans le silence de ses nuits sans sommeil, Jacques se désespérait de ne pas arriver à faire partager à Marie ses propres sentiments. S'exaltant de plus en plus à force de rêver d'elle, il s'était vingt fois promis de parler, il avait appris vingt phrases pathétiques qu'il se jurait de lui faire entendre, préparé des lettres éloquentes où il lui dépeignait sa flamme. Mais lorsque le matin il la voyait arriver au bras de l'oncle Arsène, bienveillante, mais insensible, ses mains et sa langue restaient paralysées. Il n'avait plus le courage de remettre ses lettres ni de prononcer un discours.

Cet état de choses se prolongeait. Jacques était en proie à une fièvre qui maigrissait son corps, allumait dans ses yeux un feu sombre et dorait à son pâle visage une expression de désespoir qu'une femme plus expérimentée que Marie eût comprise sur-le-champ.

Enfin, une circonstance inespérée fit éclater la vérité entre ces deux cœurs si bien faits pour s'entendre. Une nuit, entraîné par l'exaltation de ses sentiments, Jacques descendit la colline et vint errer sous les fenêtres de l'habitation. Au premier étage, au-dessus de sa tête, était la chambre de la cousine Marie. À travers les persiennes closes, Jacques distinguait la faible lueur d'une veilleuse que la cousine Marie allumait tous les soirs. Il se promenait de long en large devant la maison, composant des poèmes où se révélaient sa fièvre et son amour, heureux de se dire qu'il veillait sur sa bien-aimée, souhaitant qu'un danger se révélât et lui permît de la défendre, de la sauver au péril de ses propres jours.

Le hasard voulut que cette nuit-là, Marie, agitée peut-être par des sentiments de même nature, ayant veillé plus que de coutume, ouvrît sa fenêtre et s'accoudât sur le balcon pour rafraîchir son front brûlant dans les parfums de la nuit. Au bruit qu'elle fit, Jacques releva la tête. L'éclat resplendissant des cieux étoilés descendait comme une auréole sur le front de Marie. Sous cette blanche clarté, au sein de cette nature opulente épanouie dans sa floraison, Marie était si belle que Jacques demeura debout au milieu du jardin, sans songer à fuir ou à se cacher.

À l'aspect de cet homme debout sous sa croisée et qu'elle ne reconnût pas sur-le-champ, car l'ombre des arbres cachait les traits de Jacques, elle tressaillit, non de peur, mais de surprise.

– Qui va là ? demanda-t-elle d'une voix altérée par l'émotion.

– Ne vous effrayez pas, mademoiselle Marie, se hâta de répondre Jacques non moins ému qu'elle. Ce n'est que moi.

– Vous, monsieur Jacques ! Quelle imprudence ! Voulez-vous donc qu'il nous arrive malheur ? La nuit est claire. Si quelque valet était levé à cette heure, votre secret n'en serait plus un.

Sa voix, en prononçant ces paroles, indiquait un étonnement où se mêlait quelque irritation. Aussi Jacques, cherchant à l'apaiser, lui dit :

– Je vous en supplie, soyez compatissante. Si vous saviez ce que je souffre !

– Vous souffrez ! Vous est-il arrivé quelque accident ?

– Non, non, répondit-il, mon mal est là !

Et Marie put voir qu'en parlant ainsi il montrait sa poitrine.

Ce geste fut une révélation qui apprit à Marie l'amour de Jacques et l'état de son propre cœur. Si l'on eût été en plein jour, le jeune homme aurait pu voir une rougeur subite monter aux joues de sa bien-aimée, ses traits perdre l'expression de froideur qui les caractérisait, et ce corps souple se pencher éperdu sur l'appui de la croisée. Telle avait été l'impression de Marie en entendant cet aveu. Elle en fut si troublée que d'abord elle ne put répondre.

– Qu'est-ce donc ? demanda-t-elle enfin en tremblant.

– Je n'oserai jamais, murmura-t-il. Mais si demain vous vouliez m'entendre, m'autoriser à parler à votre père...

Il s'arrêta, redoutant de l'irriter, si elle interprétait mal un semblable langage et sa présence sous ses croisées, à cette heure de la nuit. Puis il reprit :

– Mes sentiments sont ceux d'un honnête homme. Depuis six semaines, je vous aime à en mourir. Je sais bien que je n'ai rien fait pour être aimé de vous. Mais serez-vous insensible à la passion la plus pure, la plus sincère, la plus durable qu'un cœur ait jamais conçue ?

Il aurait pu parler longtemps ainsi sans qu'elle songeât à l'interrompre. Sa surprise était telle, ce langage si nouveau pour ses oreilles, bien qu'il répondît à tout ce qu'elle éprouvait elle-même, tant d'horizons inconnus s'ouvraient devant son imagination à la fois alarmée et ravie, qu'elle n'avait plus la force d'arrêter Jacques. Lorsqu'il eut fini, après avoir déployé toute l'éloquence que son émotion et l'ardeur de sa tendresse lui pouvaient inspirer, elle garda le silence.

Ce silence, Jacques le respecta. Il était debout au milieu du jardin, les yeux levés vers le balcon où, semblable à Juliette, Marie s'abandonnait à l'ivresse infinie et chaste du premier amour. Dix minutes s'écoulèrent ainsi.

Enfin elle parut sortir d'un rêve. Elle abaissa jusqu'à lui son regard obscurci par les larmes et parla en ces termes :

– Si vous m'aimez comme vous le dites, rentrez sur-le-champ et ne me parlez plus ainsi que vous venez de le faire. Je ne saurais vous tenir un autre langage. J'ai besoin de lire dans mon cœur. Demain, après-demain, un de ces jours enfin, je serai maîtresse de moi. Mais en ce moment, j'ai soif de silence et de calme.

– Quoi ! Marie, vous ne me repoussez pas ! Il ne vous déplaît pas que je vous aime !

– Par pitié, partez !

– Oui, oui, je pars, répondit-il éperdu. Ah ! je suis bien heureux !

Et, sans rien ajouter, chancelant sous le poids de son bonheur, il quitta la place et, gravissant la colline, se dirigea vers l'observatoire qu'il avait quitté ce soir-là pour la première fois.

IV

Demeurée seule, Marie ferma sa fenêtre, et, brisée par cette scène émouvante, se jeta sur son lit. Mais elle ne put y goûter aucun repos. Dans son jeune cœur, mille pensées se pressaient qui l'agitaient, et tour à tour la tourmentaient ou la comblaient de joie. La surprise la plus ingénue se mêlait à son émotion. Nature simple et candide, elle se demandait comment elle avait pu inspirer la passion qui venait de se révéler à elle. Elle se demandait surtout comment, depuis six semaines, elle avait pu nourrir tant de sentiments divers pour Jacques, sans comprendre que sous leur variété se cachait un amour égal à celui de son ami. Elle se demandait surtout si, dans sa conduite ou dans ses paroles, il y avait eu quelque chose qui, de près ou de loin, ressemblât à une provocation ; si elle pouvait envisager sans avoir à rougir d'elle-même ce qui lui arrivait. Les réponses qu'elle trouva dans sa conscience la rassurèrent. Elle put donc se livrer tout entière à son bonheur. Elle aimait ! Elle était aimée !

Mais lorsque sa première exaltation fut calmée, la raison fit entendre sa voix sévère, et les souvenirs des jours passés revinrent en foule à la mémoire de la cousine Marie. Si, dans l'effusion de son amour naissant, elle avait pu oublier la position de Jacques, elle ne tarda pas à se la rappeler. Jacques était un réfractaire, par sa propre volonté placé hors la loi, qui refusait de porter secours à son pays menacé par l'étranger. Le dédain qu'elle avait éprouvé pour Jacques, elle l'éprouva de nouveau. En vain, raisonnant avec elle-même, elle essaya de défendre son ami. Elle trouvait coupable et sentait comme un remords de l'aimer en le jugeant tel. Elle s'efforçait de chasser loin d'elle cette prévention funeste, sans pouvoir y parvenir. Ce sentiment, le premier que Jacques lui eût inspiré, restait debout tout entier. L'amour ne l'avait pas détruit.

Et puis, elle songeait à l'avenir : elle se disait qu'une tache éternelle resterait imprimée au front de Jacques ; que s'il avait des enfants, il aurait à rougir devant eux le jour où ils connaîtraient l'histoire de leur père. On dirait de lui : « Jacques Chambert le réfractaire. » Le premier venu aurait le droit de l'injurier, et Marie comprenait que jamais elle ne saurait aimer complètement un homme exposé au mépris de tous. Partager la honte qui rejaillirait sur lui était au-dessus de ses forces.

Telles furent les pensées qui, dans cette imagination de jeune fille, succédèrent à l'ivresse causée par les aveux de Jacques. Elle en ressentit la douleur la plus vive, et le jour la surprit alors qu'elle était encore livrée à ces alternatives, n'ayant trouvé aucune solution qui pût les faire cesser.

Bien qu'elle n'eût pas dormi un seul moment, elle se leva cependant à son heure accoutumée pour aller présenter à son père le front charmant où il déposait chaque matin un baiser, et qui portait, ce matin-là, les traces d'une longue insomnie.

L'oncle Arsène la trouva pâle, attristée. Elle allégua quelque malaise et le pria d'aller seul, pour cette fois, auprès de Jacques qui attendait les provisions du jour. Elle se sentait incapable de reparaître devant lui sans avoir pris un parti et comprenait la nécessité de le voir sans témoin. Elle songea tout le jour à lui en fille résolue, elle examina les divers projets que son imagination et son cœur lui suggéraient. Puis, vers six heures, lorsque le soleil commença à descendre derrière les bois de châtaigniers, son père ayant quitté l'habitation, elle se dirigea seule vers la maisonnette où Jacques l'attendait anxieusement.

Elle n'avait jamais été plus belle. Ses yeux, agrandis par la fatigue, brillaient d'un éclat fiévreux ; son visage, plus pâle que de coutume, respirait la tristesse. Sa tête inclinée semblait trop lourde pour son corps tremblant, et lorsque Jacques la vit arriver, il ne put retenir des larmes, tant son amie lui parut faible en ce moment.

– Je savais bien que vous viendriez, lui dit-il lorsqu'elle fut entrée dans la salle du rez-de-chaussée.

Elle ferma la porte derrière soi, s'assit sur une chaise que Jacques lui présenta ; et, ayant repris haleine, elle dit :

– Je suis venue parce qu'il le fallait. Après ce qui s'est passé cette nuit, une explication était nécessaire entre nous. Je vais vous parler avec une entière franchise, sans chercher à dissimuler mes sentiments, à les accroître ou à les diminuer. Ils sont tels que je vais vous les exposer.

Jacques, ému par ce langage, s'appuya contre le mur, car ses jambes faiblissaient sous le poids de son émotion, et, sans prononcer un mot, il attendit son sort. La cousine Marie reprit :

– Les aveux que vous m'avez faits cette nuit m'ont révélé l'état de mon cœur. Depuis un mois votre présence y a porté quelque trouble ; je le dis sans honte, parce que ce trouble a été involontaire et que, l'ayant subi, je ne me crois pas coupable. Mais j'ignorais de quel nom il le fallait appeler. Vos paroles me l'ont appris, et je ne saurais vous cacher plus longtemps ce que j'éprouve. À vous de comprendre.

Jacques, ivre de joie, allait se jeter à ses pieds. D'un geste elle l'arrêta et reprit :

– Je ne dis pas que si les espérances que j'ai conçues depuis quelques heures se brisaient, j'en mourrais ; mais, à coup sûr, aucun homme ne sera mon mari, si vous ne l'êtes pas.

– Qu'ai-je fait pour qu'il m'arrive tant de bonheur, pour mériter d'être ainsi compris de vous ? murmura Jacques en tombant à genoux et croisant les mains.

– Vous voyez combien je suis franche, continua la cousine Marie sans se laisser arrêter ni émouvoir. Je vous livre mes pensées les plus intimes. Je ne vous cache rien, et vous pouvez dès à présent deviner ce que je serai pour vous si Dieu unit nos destinées. Mon cœur ne changera pas. Seulement, pour être sincère jusqu'au bout, je dois ajouter qu'il y a entre nous un obstacle et que seul vous pouvez le faire disparaître.

– Quel est-il ? demanda Jacques.

– Je ne serai jamais la femme d'un homme que d'autres pourraient accuser de lâcheté.

À ces mots Jacques devint très pâle. Il se releva et, s'adressant à la cousine Marie :

– Me croyez-vous un lâche ?

– Non, mais d'autres le croiront.

Il ne répondit pas et resta debout, la tête baissée, les yeux secs, en proie à un sentiment d'inexprimable terreur. La cousine Marie reprit alors, en mettant dans sa voix toute la douceur, toute la tendresse qui était dans son cœur.

– La vie impose aux hommes de grands devoirs, Jacques ; ceux qui ne les remplissent pas sont indignes de vivre et d'être heureux. Ce n'est qu'après les avoir accomplis, qu'après avoir traversé avec courage les épreuves qu'ils engendrent, qu'on peut goûter sans remords la joie d'être aimé des siens, et honoré des hommes. Vous avez failli à l'un de ces devoirs, vous avez reculé devant une épreuve solennelle. Dès que la patrie est menacée, tout homme jeune et libre se doit à elle. Vous avez refusé de la servir. C'est une faute que vous devez réparer. Quel respect prétendriez-vous inspirer à vos concitoyens et même à vos fils, si vous entriez dans la vie un remords dans la conscience, un stigmate sur votre nom ? Si vous désertez les glorieux devoirs que vous impose la guerre, ne déserterez-vous pas aussi les devoirs plus utiles que vous imposera la paix ? De quel droit oseriez-vous aspirer au bonheur d'être époux et père, si vous refusez de remplir la plus vulgaire des obligations ? Pardonnez-moi ce langage. Je devais vous le tenir, car, si j'étais assez faible pour devenir votre femme sans exiger que vous ayez fait acte de patriotisme, il en résulterait pour vous, un jour, une honte que je devrais subir comme vous, et sous laquelle mon amour succomberait si je ne succombais moi-même.

La cousine Marie, en parlant ainsi, n'était plus la jeune fille placide que Jacques avait connue jusqu'à ce jour. De légères couleurs étaient montées à son visage. Une animation singulière s'emparait d'elle peu à peu, sans altérer en rien la douceur de son accent, par laquelle elle atténuait la sévérité de ses paroles. Si Jacques eût pu, dans un semblable moment, conserver quelque sang-froid, il se serait demandé à quelle école elle avait appris ces conseils dignes d'une Romaine. C'est que Marie n'était pas une créature vulgaire. Déjà se révélait en elle la femme supérieure qui devait être plus tard l'honneur et la gloire des siens.

Cependant elle avait fini. Toujours assise devant Jacques silencieux, elle semblait attendre de lui une résolution virile. Il ne resta pas longtemps muet.

- Merci, Marie, dit-il, des paroles que vous venez de me faire entendre. Elles m'ont éclairé. Elles ont fait de moi un homme nouveau. Jamais ma position ne m'était apparue sous ce redoutable aspect. Lorsque je me décidai à fuir, à venir me cacher ici, je ne fis qu'obéir aux supplications de ma mère. Elle m'adjurait de ne pas aller exposer mes jours aux hasards de la guerre. Longtemps je lui résistai, car instinctivement je comprenais que le parti qu'elle me conseillait n'était pas digne de moi. Mais mon père se joignit à elle. Ils me prédirent que j'aurais un jour à me reprocher leur mort si je refusais de leur obéir, et lorsque je vis la chère créature se traîner à mes pieds, je devins faible. Je ne sus pas lutter contre ses larmes, et j'obéis. Mais maintenant il faut racheter ma faiblesse, conquérir par un acte viril le bonheur que vous me promettez. Dès demain, Marie, je partirai ; et je partirai heureux si j'emporte d'ici l'assurance que celle que j'ai choisie pour la compagne de ma vie, et qui accepte de partager mon sort, attendra fidèlement mon retour.

– C'est bien ! Jacques, s'écria la cousine Marie enthousiasmée. La promesse que vous souhaitez de moi, je vous la fais solennellement ici. J'attendrai fidèlement votre retour, et je ne serai jamais à d'autre qu'à vous.

En parlant ainsi, elle s'était levée en tendant les mains à son ami. Ces mains tremblantes, il les prit dans les siennes et voulut de nouveau se mettre à genoux ; mais elle ne lui en laissa pas le temps et s'enfuit. Il demeura une minute ébloui, comme si quelque rayon divin eût soudainement frappé ses yeux. Lorsqu'il revint à lui, il se précipita vers la porte ; mais il n'eut que le temps de voir la cousine Marie au moment de disparaître derrière les grands châtaigniers, se retourner pour lui faire un dernier geste d'adieu.

V

La cousine Marie descendit en courant les flancs de la colline et ne s'arrêta pour reprendre haleine que lorsqu'elle se vit hors de la portée du regard de Jacques. C'était sur la lisière d'un pré qui s'en allait en pente douce jusqu'à l'habitation. Elle s'assit au pied d'un saule et se mit à penser à ce qui venait de lui arriver. Elle en était heureuse jusqu'au délire, et ce bonheur eût été sans nuages, sans la pensée amère qui se présenta à son esprit aussitôt qu'elle fut en état de réfléchir.

Elle aimait Jacques assez pour n'avoir point hésité à se promettre à lui, à lui engager toute sa vie. Et cependant c'était elle qui venait de le décider à partir ; car il allait partir ! Des jours, des mois, des années peut-être s'écouleraient sans qu'elle le revît, à supposer qu'elle dût un jour le revoir. Durant tout ce temps, n'oublierait-il pas ? Serait-il fidèle à l'objet de sa tendresse, désormais si loin de lui ? Et s'il était frappé de mort dans quelque bataille, survivrait-elle à cette horrible aventure ? Et puis, lorsque les parents de Jacques apprendraient qu'il n'avait enfreint leurs volontés que poussé par elle, ne la maudiraient-ils pas, ne la rendraient-ils pas responsable des conséquences de la décision de leur fils ?

La perspective des maux dont elle serait peut-être la cause la fit frémir ; la pensée de se séparer de Jacques à l'heure où il devenait doux de ne plus le quitter, accrut sa tristesse. Elle se repentit alors des conseils qu'elle lui avait donnés. Elle s'en repentit par crainte et par égoïsme, mais sans obéir à des remords impérieux, car sa conscience lui disait qu'elle avait bien fait.

Des indécisions si cruelles étaient au-delà de ses forces. En proie à une violente douleur, elle ne put contenir des gémissements et des larmes. Au même moment, des pas se firent entendre à son côté. Elle releva les yeux. Son père venait vers elle. En voyant sa fille dans cet état, l'oncle Arsène crut à quelque grand malheur. Il demeura cloué sur place, immobile, interrogeant Marie du regard.

- Mon père, mon père ! s'écria-t-elle, je suis bien malheureuse !

- Malheureuse ! toi, mon enfant, répondit vivement le cher homme.

En même temps il se jeta sur l'herbe à côté d'elle, la prit entre ses bras, la pressant contre lui et la berçant comme un petit enfant.

– Dis-moi vite pourquoi, ajouta-t-il.

Ainsi poussée par son père, dont elle connaissait le tendre cœur, la cousine Marie n'hésita pas ; elle lui ouvrit le sien et lui raconta dans tous ses détails l'histoire de ses innocente amours.

– Le mal n'est pas grand, répondit l'oncle Arsène avec son bienveillant sourire, après l'avoir écoutée en silence. Ce qui a causé ta douleur, c'est l'exagération de ton jugement sur la conduite de ce jeune homme. Il n'est pas aussi coupable que tu l'as cru, puisqu'il n'a agi ainsi qu'il l'a fait que pour obéir à la tendresse mal inspirée de sa mère. Nous ne pouvons douter ni de son honneur ni de son courage, et cela suffit pour qu'il ne soit pas nécessaire de le soumettre à l'épreuve que tu as voulu lui imposer et qu'il accepte si vaillamment. Puisque tu l'aimes, mon enfant – et je te connais assez pour savoir que si tu le lui as dit, c'est pour la vie, – il ne faut pas subordonner votre bonheur à des aventures qui ne le rendraient pas plus digne de toi qu'il ne l'est aujourd'hui, et qui pourraient avoir une issue tragique. Dès demain il partira pour Lyon, avec la somme nécessaire pour payer son remplaçant et des recommandations pour quelques amis puissants qui l'aideront à régulariser sa position. Le sacrifice que je vais faire ne m'est rien alors qu'il s'agit de ton bonheur.

– Ô mon père, que vous êtes indulgent et bon ! s'écria Marie que ce langage comblait de gratitude et de joie. Venez ; allons annoncer à Jacques vos intentions.

L'oncle Arsène se leva, offrit son bras à sa fille qui reprit avec lui le chemin de l'observatoire. Ils trouvèrent Jacques à la place où elle l'avait laissé, devant la porte de la maisonnette, debout et cherchant à sonder des yeux les profondeurs du bois pour y découvrir encore sa bien-aimée.

En voyant arriver ainsi le père et la fille, il comprit que le premier n'ignorait plus la vérité. Tremblant que l'oncle Arsène ne désapprouvât sa conduite, redoutant les reproches, il s'élança vers lui.

– Me pardonnez-vous, monsieur Arsène ? s'écria-t-il.

– Qu'ai-je à vous pardonner, mon garçon ? demanda celui-ci.

Tout est bien, puisque vous plaisez à ma fille et que je vous connais assez, vous et vos parents, pour ne pas désapprouver son choix. Seulement, il ne me paraît pas qu'en vous arrêtant au projet d'aller remplir vos devoirs de soldat vous marchiez d'un pas bien rapide vers la réalisation de votre bonheur. J'ai jugé autrement que ma fille votre situation, mon cher enfant. Je pense que, tel que vous voici, vous êtes digne d'elle. Ce n'est pas la lâcheté qui dicta votre conduite. Il suffira donc que vous alliez à Lyon arranger vos affaires, pour que vous ayez le droit de marcher le front haut. Dès ce moment, je vous juge digne d'entrer dans ma famille.

Et l'excellent homme, après ces préliminaires, fit part à Jacques des projets qu'il venait d'arrêter dans le but d'assurer au plus vite le sort de ses enfants.

Jacques l'écouta jusqu'au bout sans l'interrompre, les yeux fixés sur Marie, dont l'attitude prouvait clairement qu'elle partageait sur tous ces points l'opinion de son père. Puis, lorsque la confidence fut terminée, il parla à son tour.

– Monsieur Arsène, la reconnaissance dont je suis pénétré en ce moment est telle que je ne trouve pas de mots pour l'exprimer. Avant même que je sois entré dans votre famille, que je sois devenu votre fils, vous me traitez avec une sollicitude qui m'émeut plus que je ne saurais le dire. Vous couronnez mes désirs au lendemain du jour où je les ai trahis. Acceptez donc l'hommage de ma filiale tendresse ; mais permettez-moi de ne rien changer aux projets que j'ai arrêtés. J'ai beaucoup réfléchi depuis une heure. Marie avait raison : le bonheur que vous m'offrez, je veux le conquérir par ma bravoure, et je n'entrerai dans votre famille que lorsque je pourrai y apporter un nom honorable et respecté.

À ce langage, l'oncle Arsène sentit des larmes monter à ses yeux. Quant à Marie, fière et désespérée à la fois, elle attendait anxieuse la résolution définitive de Jacques. Elle se traduisit par ces mots :

– Je partirai demain.

Il faut renoncer à décrire les sentiments divers qui agitaient ces trois nobles cœurs, les efforts tentés par l'oncle Amène pour changer la résolution de Jacques, les larmes de Marie. Jacques demeura inébranlable. Il partit le lendemain.

Dix mois s'écoulèrent. Jacques ne donna qu'une seule fois de ses nouvelles, et Marie passa de tristes jours dans les prières et les larmes, l'attendant en vain, vivant dans d'horribles transes, redoutant d'apprendre la mort de son ami et se la reprochant.

Au commencement de 1814, une lettre de Jacques parvint à la Vignasse ; elle était adressée à Marie et ainsi conçue :

« Mademoiselle, après m'être battu pendant six mois comme un vaillant soldat, après avoir atteint le grade de sous-lieutenant, ne vivant que de votre souvenir et de mes espérances, je viens d'être blessé en enlevant un drapeau à l'ennemi. On a dû me couper la main gauche : je suis mutilé pour le reste de mes jours. Il est de mon honneur comme de mon devoir de vous rendre votre parole et vos serments. Je serais indigne. de vivre si, tel que me voilà, j'exigeais que vous les remplissiez. Vous êtes libre.

« JACQUES. »

- Mon père, mon père, il vit ! s'écria Marie en tendant la lettre à l'oncle Arsène.

- Eh bien, ma fille, que comptes-tu faire ? demanda celui-ci après en avoir pris connaissance.

- Partir sur-le-champ, mon père, voler auprès de lui. Ma place est à ses côtés.

- Nous partirons demain, répondit simplement l'oncle Arsène.

Blessé non loin de Troyes, dans la campagne de France, durant l'une des sanglantes journées qui marquèrent la fin de l'empire, Jacques avait pu se traîner jusqu'au petit village d'où sa lettre était datée, et reçut des soins dans une auberge transformée en ambulance.

C'est là que, durant une soirée du mois de mars, un an après l'époque où il avait vu Marie pour la première fois, Jacques seul, malade, désespéré, maudissant la blessure qui l'avait mutilé, pleurant ses espérances détruites, vit apparaître sa chère fiancée accompagnée de l'oncle Arsène.

- Ah ! s'écria-t-il, quelque chose me disait bien que vous viendriez. Vous voulez donc encore de moi ?

– Ne vous ai-je pas promis d'être un jour votre femme ? demanda Marie en l'embrassant.

Jacques, affaibli par un mois de maladie et de larmes, ne put résister à l'excès de son bonheur. Il perdit connaissance dans les bras de l'oncle Arsène.

À deux mois de là, il épousait la cousine Marie.

– Et c'est ainsi, ajoutait le grand-père Antoine lorsqu'il nous racontait cette histoire, que Jacques Chambert est devenu le propriétaire de la Vignasse.